うほ・うほ・ほ！

岸川　悦子・作
古味　正康・絵

子どもの本――大日本図書

1．ぼくはいい子

「こら！　つよし！　まちなさい。」

げんかんの方《ほう》から、ママのおこる声《こえ》がとんできた。

「いやだよーだ！　りょうた、どけ。」

おにいちゃんが、ぼくをつきとばして、二だんベッドにかけあがった。

わあー、おにいちゃん、たいへん。

シャツもズボンもどろだらけ。

「こらー！」

ほら、ママかいじゅうが、おにいちゃんをつかまえておふろばにつれていっちゃった。

「いやだー。」

「だめ！　ちゃんとあらわなくちゃあ。あ～あ、手も顔《かお》もバイキンがうじょうじょよ。」

おにいちゃんは、顔《かお》をあらうのも、手をあらうのも、大きらい。それから、わすれものするのは大とくい。おもちゃをちらかすのも大すき。

だから、いつもママにしかられている。おにいちゃんがママにしかられるたびに、ぼくのからだはこちこちになる。カーテンの中にかくれてふるえている。そして心《こころ》の中で、ぼくはいい

子になろうときめた。

二年生のおにいちゃんは、どんなにママにしかられても平気《へいき》。

「わすれもの、ない？」

「うん。」

「きょうは、どろんこしちゃあだめよ。」

「うん。」

「ケンカしないで、なかよく遊《あそ》ぶのよ。」

「うんうんうんんんん。」

「はい！　っていいなさい。」

ママがまたおこった。

ぼくは、耳をふさいで、いそいでカーテンにかくれた。

おにいちゃんは、

「うん、あ？　はいはい、はーいいいいいいい。」

ってふざけて、学校《がっこう》に行《い》っちゃった。

「あきれた子。りょうちゃんは、いい子でいてね。ママつかれちゃう。」

ってママは、ふうっとためいきをついた。

まどのむこうを見たら、おにいちゃんたらランドセルをしょったまま、水たまりにはいってびちゃびちゃして遊《あそ》んでいた。

2．りようちゃん、どいて

ぼくは、ママと手をつないで、ようち園《えん》に行った。

ママの手は、ちょっと冷《つめ》たくて、セッケンのにおいがする。

真っ青な空の中で、ぼくのシャツとおにいちゃんのちょっとよごれたシャツが泳《およ》いでいるのが見えた。

ようち園《えん》の門《もん》の前《まえ》で、ママとさよならしてかけてったら、けんちゃんと、ごんたくんがすなばで遊《あそ》んでいた。

けんちゃんも、ごんたくんも、ぼくといっしょのはと組《ぐみ》。

はと組《ぐみ》は年長さんの組《くみ》。

「もうすぐ一年生になって、はとみたいにようち園《えん》をとび立《た》つから、はと組《ぐみ》なんだよ。」

って、けいすけ先生が教《おし》えてくれた。

けんちゃんが、すなばに大きなあなをほった。ごんたくんが、あなに水をいれて、はだしになってぴちゃぴちゃしてた。

「ああー、いけないんだよ。すなの中に、ばいきんがうじょうじょいるんだよ。」

ぼくは、ママがいつもおにいちゃんにいっていることを、教《おし》えてあげた。それなのに、けんちゃんたら、

「ふうんだ、いいんだもん。」

だって。

「ママにおこられるよ。」

「おこられないもんねぇーだ。なっ、海《うみ》つくるんだもんね。」

「そうだよ。そして、ふねうかべて遊《あそ》ぶんだもんねぇだ。」

ごんたくんが、いった。

(いいなー、ぼくも海《うみ》つくりたいな。)

だけどそのとき、(りょうちゃんは、いい子でいてね。ママつかれちゃう)っていってたママのためいきが聞《き》こえてきた。

そうだ、ぼくはいい子だから、どろんこ遊《あそ》びしちゃあいけないんだ。

でも、なんだか心《こころ》の中がもぞもぞする。

「りょうちゃん、じゃま、どいて。けんちゃんもどいて、富士《ふじ》山《さん》つくるんだからあ。」

あかりちゃんが走《はし》ってきて、よつんばいになって、手をくまでみたいにして、すなをぱしっぱしってとばしてる。

「ああー、すなとばしたらいけないんだよ。ママおこるよ。」

ぼくは、また、いい子になってあかりちゃんに教《おし》えてあげた。

「いいんだもん。べえーだ。」

「がみがみやのりょうちゃんなんか、だあいきらい。」

「ほんとほんと、あっち行《い》け。」

けんちゃんがおこって、ぼくをどんとついた。ぼくはひっくりかえってすなだらけ。

ぼくは、(ああ、またよごして、ママせんたくたいへん)っ

て、ママのこまった顔《かお》を思《おも》いうかべてないた。

「ちぇっ、ちょっとついただけなのに。ごめん。」

けんちゃんが、ぱっぱって、すなをはらってくれた。

「まだついてるよー。」

ぼくのなみだは、とまらない。

「りょうちゃんのなみだ、雨みたい。」

ってあかりちゃんがわらったら、空からほんものの雨がぷちっとふってきた。

3．ひとりぼっち

雨がざあざあふっている。

ママの大きなかさの中にはいって、ようち園《えん》に行った。

はと組《ぐみ》の子は、みんな元気《げんき》。だけど、ぼくははと組《ぐみ》がきらい。

だってみんな、ぼくと遊《あそ》んでくれないんだもん。

あの日、すなばでけんちゃんに「あっち行け」って、つきとばされてから、ずっとぼくはひとりぼっち。

ぼくが、そばに行くと、

「がみがみりょうたがきたー。」

って、みんなにげちゃう。

ぼくはつまらなくなって、教室《きょうしつ》のかべにはりついて、みんなの遊《あそ》ぶとこを見ていた。

でも、だんだん悲《かな》しくなって、おなかがいたくなった。

つくえにうつぶしてないていたら、けいすけ先生が、

「おい、りょうた、どうした。」

って、ぼくのおでこに手をあてた。

でも、けいすけ先生の手は大きいから、ぼくの鼻《はな》までかくれちゃう。

「ねつないな？」

けいすけ先生は、ぷるっとなみだをふいてくれた。

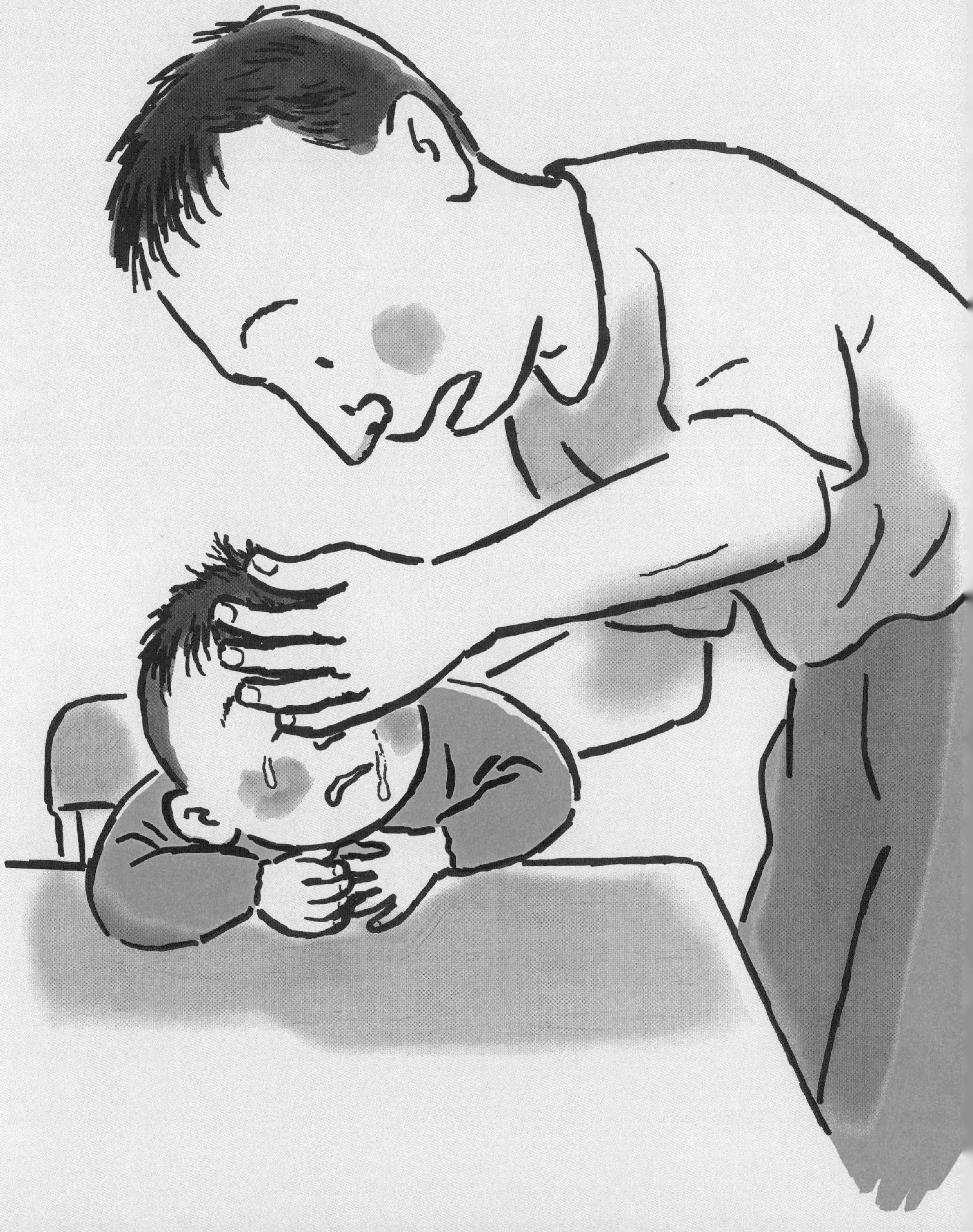

だけど、どんどんおなかがいたくなって、ぼくはおいおいないた。

「なくな、りょうた。どこがいたい？」

ぼくはおなかをおさえて、もっとないた。

「おなか、か？　おかし食《た》べすぎたんかな？　ママに来《き》てもらうか？」

（よかった、おうちにかえれる。）

ぼくは急《きゅう》にうれしくなって、なみだがとまった。

「りょうちゃん。だいじょうぶ？」

病気《びょうき》のとき、ママはすごくやさしい。

ずっとぼくのそばにいてくれる。

あったかいおかゆもつくってくれた。

ママに電話《でんわ》がかかってきても、「今、りょうた、ぐあい悪《わる》くてね。あとでね。」ってすぐ切《き》っちゃう。

いつもはすごく長電話《ながでんわ》なのに。

それにもっとうれしいことは、ママがけいたい電話《でんわ》でメールをしなくなったことだ。ママの目も手も、いつもけいたい電話《でんわ》にとられていたから、つまんなかった。ママは、ぼくだけのママになった。

心《こころ》の中のもぞもぞがとんでって、おなかいたいのがなおっちゃった。

夕食《ゆうしょく》はぼくの大すきなポタージュと、和風《わふう》ハンバーグ。

だけど『おなかいた』のぼくは食《た》べられない。

「もう、いたくない。食《た》べる。」

っていっても、ママは、

「まだだめ。」

といって、食《た》べさせてくれなかった。

つまんないの。

「うめえ！」

おにいちゃんが、ぼくの横《よこ》でわざと大きな声《こえ》でいいながら、
ハンバーグを食《た》べている。

ぼくは、うめぼしとおかゆだけ。

「すっぱい！」

口の中につばがじわっとでて、かたをすくめて食《た》べた。

「うめぇ！」

おにいちゃんは、ポタージュを音《おと》を立《た》ててすすっている。

ぼくは、こくんとつばをのんで、おにいちゃんをにらんだ。

「こら！　スープは、静《しず》かに飲《の》むの。」

また、おにいちゃんがママにしかられた。

「ママだって、おソバ食《た》べるとき、ずるずるって音《おと》たてるじゃん。どうして、スープだけいけないんだよ。」

「ほう、なかなかやりますね。」

それまでだまって、ママとおにいちゃんのやりとりを聞《き》いていたパパが、おかしそうにわらった。

パパは、ママとちがってほとんどおこらない。

「それはね、あのね、スープは外国《がいこく》の飲《の》みものなの。外国《がいこく》の人は、何《なん》でも音立《おとた》てないで食《た》べるのがれいぎなの。」

「じゃあ、ぼくは日本人のれいぎで食《た》べまあす。」

「あはは、それは一理《いちり》ありますな。」

パパが、またむつかしいことをいってわらった。

ママが「まあ！」といって、パパをにらんだ。

そのすきにおにいちゃんは、ひらりとにげた。そして、にげるとき、左手をうしろにかくして、右手のひとさし指《ゆび》をまげて「カモン！」って、ぼくをよんだ。

おにいちゃんは、二だんベッドの上で、ハンバーグのかけらをふっていた。

(おにいちゃんは、きっとママにかくれてハンバーグをもってきてくれたんだ。)

「おい、りょうた、でっかい口あけてろよ。」

ぼくは、やぶれそうなくらい、口を大きくあけた。

「エイ!」

ハンバーグが、ぼくの口にとびこんできた。

「ストライク。」

おにいちゃんが、がはってわらった。

4. うほ・うほ・ほ！

おにいちゃんからハンバーグをもらって、ぼくは元気《げんき》になったのに、ようち園《えん》に行くと、おなかがいたくなる。みんなが楽《たの》しそうに遊《あそ》んでいるといたくなる。

いたくなるたびに、ママにむかえに来《き》てもらった。だけど、家《いえ》にかえるとなおっちゃうんだ。

日曜日《にちようび》は、おなかがいたくならない。

ぼくは、パパのひざの中。あったかくて気持《きも》ちいい。

「りょうた、心配《しんぱい》なことがあったら、なんでもパパにいうんだ

ぞ。パパはりょうたのこと、どんなことがあっても、まもって
やるからな。」
と、パパはいった。
でも、ぼくも、どうしておなかがいたくなるのかわからない。
(ずっとおうちにいたいな。)
って、ぼくは思《おも》う。
でも、ママはゆるしてくれない。パパにもいえない。だって、
パパが心配《しんぱい》するから、パパが大すきだからいえない。
そのうち、ぼくがどんなにおなかがいたくなっても、ママは
ようち園《えん》にむかえに来《き》てくれなくなった。
ママが、けいすけ先生や園長《えんちょう》先生とそうだんしてきめたんだ

っていった。

（けいすけ先生のいじわる。もう、大きらいだ。）


雨がふっている。

すべりだいの上にも、ブランコにも、シーソーにも、すなばにも、雨が楽《たの》しそうにはねて遊《あそ》んでいる。

すなばにけんちゃんのほったあなが、ほんものの海《うみ》みたいにゆれていた。

「ああー、ちぇっ！」

って、けんちゃんが空をにらんでいる。

「そんな悪《わる》い言葉《ことば》いっちゃあ、いけないんだよ。」

ぼくは、小さな声《こえ》でいった。

けんちゃんは、「ふん!」っていって、あっちに行っちゃった。

「雨のばか。」

あかりちゃんも、おこっている。

「ばかっていったら、いけないんだよ。」

ぼくは、もっと小さな声《こえ》であかりちゃんにいった。

あかりちゃんは、知《し》らん顔《かお》して、

「ねえ、けいすけ先生、遊《あそ》んでよ。」

って、先生の手をひっぱった。

「あれ?　遊《あそ》びの先生はだれだっけ?」

先生は、「おとなになっちゃったから、遊《あそ》び方《かた》わすれちゃったんだよ。みんなが遊《あそ》びの先生なんだよ。」といつもいう。

「いじわる。」

あかりちゃんがぷんとおこって、みなちゃんとつみ木をはじめた。

だあれもぼくと遊《あそ》んでくれない。

ぼくはつまらなくなって、だんだんおなかがいたくなった。

だから、つくえの下にもぐりこんで、じっとしていた。

「あっ！　りょうちゃん、あんなとこにもぐってる。」

なわとびしていたけんちゃんが、ぼくを見てわらった。

みなちゃんとつみ木していたあかりちゃんが、ぼくをゆびさして、

「あっ、しろみたい！」

っていった。

しろは、あかりちゃんの家《いえ》の犬。

「りょうちゃん、犬になったの？」

って、みなちゃんが聞《き》いた。

（犬じゃあないよ。おなかがいたくなったからかくれてるんだぞ。）

ぼくは、心《こころ》の中でいったのに、口がかってに「うー、わん！」

とほえちゃった。

「うわー、りょうちゃんが犬になった！」

けんちゃんがわらって、でんくりがえしをした。

「りょうちゃん、お手。」

あかりちゃんが、にこにこして手をだした。

（りょうたは犬じゃないでしょ！）

ママのおこる声《こえ》がした。ぼくは、左手で耳をおさえて、右手でお手をした。

「りょうちゃん、ちんちん。」

けんちゃんが、わらいながらいった。

ぼくは、ちんちんをした。

「ぎゃあ、犬そっくり。」

「りょうちゃんて、まねっこじょうずだね。」

みんなが、ぼくをかこんで、わいわい大さわぎ。

「先生も、なかまにいれてくれよ。」

いつのまにか、けいすけ先生まで来《き》て、ぼくをだきあげて、

「もうおなかいたくないかい？」

って、ほほずりしてくれた。

「わん！」

と、ぼくは鳴《な》いた。

けいすけ先生が、がはははってわらった。

るいちゃんも、みなちゃんも、ごんたくんも、けんちゃんも、
みんなぼくを見てる。

「りょうちゃんって、おもしろいね。ねっねっ、みんなでお家《いえ》たててさ、犬小屋《いぬごや》つくって遊《あそ》ぼう。」

「うん、それから原《はら》っぱも。」

教室《きょうしつ》の中が、楽《たの》しい空気でいっぱいになった。

ぼくは犬になって、お手や、首輪《くびわ》して、くさりにつながれてさんぽしたりして遊《あそ》んでいたら、なんだか、からだがむずむずしてきた。

むずむずしたから、からだをもごもごさせたら……。

あれ？　からだがもくもく大きくなった。

「うほー、うほー。」

ぼくの口から、ごりらの声《こえ》がとびだした。

「うほ。」

ぼくは立《た》ち上《あ》がって、むねをどんどんたたいて、のっしのっしと歩《ある》いた。

「うわー、ごりらだ！」

みんなが、わっとにげた。

「うほ、うほ。」

ぼくは、いった。

「ぼくは、ごりらだぞ。がみがみやのりょうたじゃないぞ。」

うほうほとほえながら、みなちゃんたちがつくったつみ木の町をつぶした。犬小屋《いぬごや》もけとばした。

「こわいよー。にげろー。」

「ごりら、あばれてるぞ。」

けんちゃんたちが、わらいながらにげて行《い》く。

ぼくはごんごんむねをたたき、うほ・うほ・うほー！　とほえて、ざんざかぶりの雨の中にとびだした。

雨が、びしびしと、頭《あたま》に、かたにふってくる。

だめだめだめ！　だめだめ！

どこからか、ママの声《こえ》がおいかけてくる。

（かまうもんか！）

ぼくは、ママの声《こえ》をふりとばし、けんちゃんたちのつくった、どろんこの海《うみ》にとびこんだ。

「やめろよ！」

けんちゃんが、ママみたいな声《こえ》でさけんでる。

「かぜひいちゃうよ。」

あっ、あかりちゃんもママになった。

「雨なんかへっちゃらだい。ブランコだってこいじゃうもんね。」

「だめだめだめ!!」

「すべりだいだってすべっちゃうぞ!」

「ああー、りょうちゃんのズボン、びしょびしょよ。」

「まて! りょうた。」

「ごりらをつかまえろ。」

ふりかえってあかんべえしたら……。

あっ！

けんちゃんが、あかりちゃんが、ごんたくんも、かさしておいかけてくる。

「おいおい、やりすぎだよ。」

けいすけ先生も、バスタオルをもっておいかけてくる。

「つかまるもんか！」

ぼくはもうスピードで、ぶるんぶるんぶるん雨をとばし、外《そと》を走《はし》りまわった。

「あばれゴジラ、つかまえたぞ。」

けいすけ先生は、ぼくをバスタオルでくるんだ。

「けいすけ先生とりょうたごりら、ぶじほかくしました。」

けんちゃんが、おとなみたいなことをいった。

（ほかくってなに？　ぼくと先生、おりにいれられちゃったの？）

ぼくがバスタオルのすきまからそっとのぞいたら、あれれ……れ？

ぼくと先生は、赤や青、黄色《きいろ》の、たくさんのかさの花でかこまれていた。

「りょうちゃん、さむくない？」

「りょうちゃん、早《はや》く教室《きょうしつ》にかえろう。」

「そしてさ、みんなでおしくらまんじゅうして遊《あそ》ぼ。」

みなちゃんが、ごんたくんが、けんちゃんたちがいった。

ぼくはうれしくて、なみだがでそうになった。

「よかったな。りょうた。」

けいすけ先生は、ぼくをぎゅっとだきしめてくれた。

5. 行ってきまあす

ママは、あんまりおにいちゃんにおこらなくなった。

おにいちゃんが、どろんこしてきても、

「元気《げんき》なしょうこ。」

しゅくだいわすれても、

「こまるのはつよしだから、気がつくまでほっておこうっと。」

このごろのママって、すごくやさしい。

けいすけ先生が、まほうのたねをママにまいたのかな？

さくらの花が空をピンク色《いろ》にそめて、春《はる》が来《き》たよ。
「とんでけ！　はと！」
卒園式《そつえんしき》の日、けいすけ先生は、なきながらはと組《ぐみ》の教室《きょうしつ》のドアをあけた。

ぼくたちは、はとになって、せなかにまっ白い羽《はね》をつけて、大空高くまいあがった。

四月五日。

「ママ、行《い》ってきまあす！」

ぼくは、ぴっかぴっかのランドセルをしょって、一年生になった。

〈おわり〉

＊作家＊**岸川悦子（きしかわ　えつこ）**
静岡県生まれ。日本児童文学者協会理事。音楽著作権協会会員。『えっちゃんの戦争』（童心社）でデビューし、『わたし、五等になりたい！』（大日本図書）で、産経児童出版文化賞推薦を受賞。ほかに『金色のクジラ』（ひくまの出版）、『ごりら先生』（文溪堂）ほか著書多数。『えっちゃんの戦争』『わたし、五等になりたい！』等の作品は、アニメ化もされた。

＊画家＊**古味正康（こみ　まさやす）**
高知県生まれ。日本児童出版美術家連盟会員。絵本やさし絵の分野で活躍中。おもな作品に『いいねいいね』『ヌンのるすばん30日』（ともにPHP研究所）、『ビービーブゥ！』（すずき出版）、『カワ太郎空をとぶ』（けやき書房）、『めちゃまちゃごためぜ』（岩崎書店）、『おれたちゃ映画少年団』（文研出版）などがある。

〈子どもの本・大日本図書〉
うほ・うほ・ほ！　NDC：913　2003年7月20日　第1刷発行

作者　岸川悦子
画家　古味正康
発行者　金子賢太郎　発行所　**大日本図書株式会社**
東京都中央区銀座1丁目9番10号
電話／03-3561-8678(編集),8679(販売)　振替／00190-2-219
印刷／小宮山印刷株式会社　製本／株式会社宮田製本所

51p　24cm×19cm　ISBN4-477-01642-5